LES DEUX

RISÉLIDIS.

LES DEUX

GRISÉLIDIS,

HISTOIRES

Traduites de l'anglois, l'une de CHAUCER,
et l'autre de M.ʳˡᵉ EDGEWORTH.

TOME SECOND.

PARIS,

A la Librairie Française et Etrangère de GALIGNANI, rue
Vivienne, n.º 17, et au Salon littéraire, même adresse.

IMPRIMERIE DE J. B. SAJOU,
Rue de la Harpe, n.º 11,

1813.

LA NOUVELLE

GRISÉLIDIS,

Traduite de l'anglois, de Mademoiselle Edgeworth.

CHAPITRE V.

Don de charmer, séduisante magie,
A ton pouvoir tout doit céder un jour;
Tu fais chérir ta douce tyrannie,
L'Obéissance est fille de l'Amour.

Quelques jours après la lecture, Grisélidis fut invitée à venir passer la soirée chez Madame Granby.

2.   I

Je n'irai point, dit-elle, en jetant d'un air de mépris la carte d'invitation.

Moi j'y irai, dit le mari fort posément.

— Comment vous irez; vous irez sans moi.

— Non pas sans vous, si vous avez la bonté de m'y accompagner.

— Cela m'est absolument impossible; je suis engagée pour ce jour-là chez mon amie Madame Nettleby.

— Eh, bien ! ma chère amie, faites comme il vous plaira.

— Oui, je compte bien aller chez elle, et je suis surprise que vous ne veniez pas aussi faire visite à M. Nettleby.

— Je n'ai aucun désir de le voir; c'est un sot incurable, comme je vous l'ai souvent entendu dire à vous-même; c'est un homme pour qui j'ai une aversion toute particulière.

— Je veux bien le croire, mais cela n'empêche pas que vous ne dussiez lui rendre une visite.

— Et pourquoi?

— Parce qu'il est l'époux d'une femme que j'aime; si vous aviez quelque égard pour moi, vous ne m'auriez pas même fait cette question.

— Mais, de votre côté, ma chère, n'étoit-il pas bien naturel aussi que vous entretinssiez quel-

que liaison avec Madame Granby
qui est la femme d'un homme que
je chéris, et qui a par elle-même
d'excellentes qualités ?

« — Je n'entrerai dans aucune
discussion avec vous là dessus,
dit Grisélidis. » Car c'étoit un de
ces cas qu'elle ne vouloit point
faire décider par la raison. « Tout
ce que je vous dirai, c'est que j'ai
mon opinion bien établie, et que
je vous demande la permission de
n'avoir aucun commerce avec
Madame Granby. »

« Et moi, je vous demande celle
de ne former aucun rapport avec
M. Nettleby. »

— Juste ciel ! s'écria-t-elle, en

se levant du sofa où elle étoit assise, et en considérant son mari d'un air étonné; je ne vous reconnois pas aujourd'hui.

« — Cela est possible, ma chère, car jusqu'ici, vous avez vu votre amant, et maintenant vous voyez votre époux. »

Jamais métamorphose ne fit naître une plus grande surprise. La jeune femme ne soupçonnoit pas qu'elle eût en rien contribué à rompre l'enchantement. Elle se fâcha, disputa, raisonna, le tout en vain. Elle ne gagna rien sur le point qui étoit en litige; son mari persista cruellement dans la résolution qu'il avoit prise de ne point aller voir M. John Nettleby. Elle resta plongée dans le silence et dans l'abattement. Après une trève de quelques heures, elle renouvella l'attaque vers le soir, et prolongea les hostilités pendant trois jours et trois nuits consécutives, dans l'espérance assez naturelle de fatiguer l'ennemi, mais elle n'eut aucun succès. Le jour fatal arriva, le grand, l'important jour qui devoit voir décider la question de la visite. Les puissances belligérantes se rencontrèrent comme de coutume à déjeuner; elles parurent effrayées à l'aspect l'une de l'autre; elles se tinrent mutuellement en échec. Un calme forcé régnoit sur toute

la personne de Monsieur; Madame
se trahissoit de temps en temps par
de perfides sourires. Monsieur pa-
roissoit désireux d'étendre la sus-
pension d'armes quelque temps
encore; Madame de hâter le moment de la victoire. Aucun des
partis ne prononça le nom de
Madame Granby ou de M. John
Nettleby; on ne se demanda point
réciproquement où l'on devoit
passer la soirée. A diner, nouvelle
entrevue; et, sur le point délicat,
on observa un silence vraiment di-
plomatique, tandis que sur d'autres
articles la conversation étoit inta-
rissable. Poussés par un désir sincère d'établir la paix sur des bases

solides , les deux plénipotentiaires
étoient avec la *plus parfaite considération* les dévoués et très-humbles
et obéissans serviteurs l'un de l'autre.
La candeur nous oblige d'avouer
que l'air de déférence de Monsieur
ne laissoit rien à désirer , et étoit
vraiment digne d'éloges ; toutefois
Madame l'emportoit sur lui par les
inimitables dehors d'une franche
cordialité. La physionomie de l'é-
poux excelloit par son calme ; celle
de sa femme par l'épanouissement
de ses traits. Tout autre qu'un di-
plomate eût été trompé par le premier personnage ; le second ne pouvoit être deviné que par une femme.
Les choses en étoient à ce point ,

lorsqu'après dîner leurs hautes puissances se séparèrent. Madame alla
s'occuper de sa toilette; Monsieur
resta en face de sa bouteille; il but
un verre de vin de plus que de
coutume. Madame, de son côté,
s'arrêta une demi-heure de plus
devant sa glace. La guerrière, prête
au combat, se rendit au salon qu'elle
comptoit trouver vide. — L'ennemi
étoit déja sur la place.

— Tout habillée, ma chère?

— Oui, mon ami.

— Faut-il demander votre voiture?

— S'il vous plaît; vous venez avec
moi?

— Je ne sais pas où vous allez.

—Eh mais, chez Madame Nettleby ; et vous ?

— Chez Madame Granby.

Il n'avoit pas achevé, qu'un éclair
jaillit des yeux de Grisélidis; mais
cet éclair ne produisit aucun effet.

— Chez Madame Granby, s'é-
cria-t-elle, d'un ton foudroyant.

— Chez Madame Granby, répondit l'Echo.

Elle tomba à la renverse sur un
sofa, et un déluge de pleurs s'en-
suivit.

Le mari se promenoit dans le
salon ; il sonna de nouveau, demanda la voiture d'un ton de maître, et se mit à fredonner. La belle
sanglotta ; le chanteur poursuivit,

mais sans observer la mesure. Les sanglots devinrent allarmans, et présageoient des convulsions. Il ouvrit une croisée, et s'approcha du sofa. Se remettant un peu, elle détacha un de ses bracelets ; lui, dans son empressement à détacher l'autre, le cassa. Le domestique vint annoncer que la voiture étoit prête. Nouvelle défaillance : la malade court le risque d'être suffoquée par son collier de perles, et fait un foible effort pour s'en débarrasser.

— Appelez la femme de chambre, dit à son domestique le mari de Grisélidis.

La belle affligée tenta un second effort pour ôter son collier, et leva des yeux supplians vers son mari, dont les mains peu sûres ne firent qu'embrouiller davantage les perles importunes. Il étoit perdu sans l'arrivée de la femme de chambre à laquelle il résigna son trop dangereux poste. Précipitant sa retraite avant que l'adversaire ne pût rallier ses forces, il gagna sa voiture; et, d'un ton de vain-queur:

Chez Monsieur Granby, dit-il; aussitôt arrivé, il court vers lui; et, se jetant dans un fauteuil:

« Encore une victoire semblable et c'est fait de moi. »

Il raconta tout ce qui s'étoit passé entre sa femme et lui.

Encore une victoire semblable ,
lui répond son ami, et vous avez
la paix pour le reste de vos jours.

Nous espérons que nos lecteurs
ne concluront pas de cette phrase
que M. Granby se plût à susciter
des querelles entre maris et femmes;
ou que, selon l'expression triviale
mais énergique, il aimât à mettre
le doigt entre l'arbre et son écorce.
Il désiroit au contraire d'assurer
le bonheur domestique de son
ami, et de prévenir, s'il étoit possible, les mauvais effets qui devoient
résulter de l'excessive indulgence
d'une part, et du goût de la do-
mination de l'autre. Il avoit une
haute idée des qualités de Griséli-

dis, et il pensoit qu'on devoit les diriger mieux. La même force qui mal employée sème le désordre et la destruction, si elle obéit à la main d'un sage, produit mille heureux effets, et dans tous ses mouvemens ne montre plus que grâce et régularité. M. Bolingbroke, comme il faut dorénavant l'appeler, réveillé par les représentations de son ami, et peut-être par l'approche du danger, résolut de s'emparer de la direction de sa femme, ou du moins de lui-même : malgré l'opposition de sa tyrannique moitié, il parvint à passer une soirée selon sa volonté.

CHAPITRE VI.

Si quelquefois à mon époux
Ma docilité put complaire,
Ces momens de ma vie entière
Furent les momens les plus doux.

Quand Monsieur Bolingbroke fut parti, Emma dit à son époux : mon ami, vous avez bien plus de courage que moi, je n'aurois jamais osé me commettre ainsi entre votre ami et sa femme.

— Et qu'est-ce que l'amitié, si elle ne nous porte pas à courir quelques risques ? Il est vrai que

je m'expose à être appelé un brouil-
lon.

Emma. Ce n'est pas à ce danger
que je songeois, quoiqu'il valût
bien la peine qu'on y prît un peu
garde; je pensois que vous vous
étiez exposé à faire du mal, en
désirant produire le bien.

— Et croyez-vous donc que
Grisélidis soit incorrigible?

— Oh. ciel! je suis bien loin
d'avoir une pareille idée; mais, sans
nous imaginer qu'une personne soit
incorrigible, ne doit-il pas répu-
gner de lui infliger, en quelque
sorte, une punition. Je serois très-
fâchée d'être cause qu'on fît la
moindre peine à Grisélidis. Nous

sommes amies de l'enfance; j'ai un sincère attachement pour elle; et, si je ne suis pas payée de retour, c'est peut-être ma faute et non la sienne; ou si ce n'est pas ma faute, c'est toujours un malheur. Au reste, je n'ai aucun droit de la forcer à me fréquenter. Elle préfère Madame Nettleby : je puis dire sans vanité qu'elle trouveroit en moi les qualités d'une amie plus solide; mais Madame Bolingbroke est seule juge de cet article; et, loin de lui en vouloir pour son éloignement, tout ce que je crains, c'est qu'il ne continue d'être un sujet de dispute entre elle et son mari.

M. Granby. « Si Monsieur Bo-

lingbroke insistoit pour que sa
femme vînt ici contre sa volonté ,
ou si je lui en donnois le conseil,
ma conduite seroit-absurde, et la
sienne seroit injuste ; mais tout ce
qu'il demande, c'est l'égalité de
droits, et la liberté d'aller où bon
lui semble. Elle refuse de vous
voir, lui refuse de voir M. John
Nettleby. Ne sont-ils pas à deux
de jeu ? »

Emma pensoit que ce jeu n'étoit
pas sans péril, et fit observer que
les contradictions, les refus réciproques ne feroient qu'aigrir et divi-
ser davantage des époux qui, pour
le bonheur de chacun, devoient
vivre dans une parfaite union. Elle

dit que si M. Bolingbroke, au lieu
de s'opposer à la volonté de sa
femme, ce qui, au fond, étoit
prétendre emporter la chose de
force, vouloit lui parler avec raison et douceur, elle pourroit se
résoudre à céder, et qu'on vaincroit
à la fin sa résistance; M. Bolingbroke, de son côté, n'avoit qu'à
promettre de sacrifier quelques
momens à l'homme qu'il n'aimoit
point, à condition que Grisélidis
ne fuiroit plus la société d'une
femme pour qui elle avoit de la
répugnance.

Si elle consentoit à cet arrangement, poursuivit Emma, je ferois
mon possible pour m'en faire ai-

mer, ou du moins pour lui rendre notre maison agréable; car, au fond, il importe peu qu'elle ait ou qu'elle n'ait pas de l'amitié pour moi.

Emma étoit capable de mettre son intérêt entièrement de côté, lorsqu'il étoit question de celui des autres. Tous ses vœux étoient pour la paix et pour la conciliation; elle ne cherchoit qu'à rendre ses amis heureux. Elle sembloit vivre en eux plus qu'en elle-même, et de la sympathie naissoient les plus grandes peines et les plaisirs les plus vifs de son existence. Mais sa sensibilité n'étoit point celle de ces héroïnes de roman, dont les affec-

tions théatrales s'exhalent toutes
en ostentation ; elle savoit l'appliquer aux circonstances réelles de
la vie ; et elle ne se laissoit point
rebuter par les imperfections de
ceux à qui elle pouvoit être utile.
Voyant, dans ce moment, que
son époux étoit fatigué des caprices toujours renaissans de Grisélidis, elle dit tout ce qu'elle put
en sa faveur. Elle rappela plu-
sieurs anecdotes de l'enfance de
son ancienne compagne, qui faisoient honneur à son caractère,
et prétendit que, pendant si peu
de temps, il ne pouvoit s'être opéré
en elle un changement si défa-
vorable. Son coup-d'œil bienveil-

lant savoit encore découvrir quelque mérite là où les autres n'a-
percevoient que des fautes ; de
même que des regards exercés
découvrent des grains d'or dans
un sable grossier qu'a dédaigné
l'ignorant. On ne pouvoit rejeter
un bon conseil donné avec autant
de grâce; aussi Monsieur Granby
écrivit à Monsieur Bolingbroke,
pour lui proposer le traité qui
lui avoit été suggéré.

En rentrant chez lui, Monsieur Bolingbroke apprit que sa
femme s'étoit mise au lit très-
indisposée ; et, malgré la force
d'ame qu'il venoit d'acquérir,
il ne dormit pas de la nuit.

Il lut, avec grand plaisir, en se levant, le billet de son ami, et sut bon gré à Emma du traité qu'elle proposoit.

———

CHAPITRE VII.

Que mon mari m'en fasse autant,
Disoit une maîtresse femme,
Et je vous réponds, sur mon ame,
Que sa récompense l'attend.

LE matin, Monsieur Bolingbroke
attendit avec une impatience extrême l'apparition de Grisélidis.
Mais son attente fut trompée;
Madame déjeuna dans son appartement, et ensuite eut une
consultation de deux heures avec
Madame Nettleby qu'elle avoit

avertie la veille par le billet suivant :

« L'événement le plus étrange
« m'empêche, ma chère amie,
« de passer la soirée avec vous.
« Je suis sûre que vous refuserez
« d'y croire quand vous l'appren-
« drez. Venez me voir demain
« matin, le plus tôt que vous pour-
« rez; je vous expliquerai le passé,
« et je vous consulterai sur l'a-
« venir. Ma chère amie, je n'eus
« jamais tant besoin de vos bons
« conseils. »

Toute à vous.

Grisélidis.

Dans le cours de la consultation, Madame Nettleby, parut extrêmement étonnée de l'étrange conduite de M. Bolingbroke ; elle certifia à Grisélidis qu'il n'y avoit plus de ressource pour elle, si elle ne déployoit pas dès ce moment même beaucoup de caractère, qu'elle ne pouvoit plus se flatter de jouir d'un moment de liberté du reste de ses jours.

Ma chère, ajouta-t-elle, j'ai quelqu'expérience sur ces sortes de choses. La femme est nécessairement esclave ou tyran. Faites votre choix, vous en avez encore le temps.

Grisélidis : « Mais jusqu'à ce jour

il n'avoit encore rien fait ou rien dit qui pût m'être désagréable. »

« — Il faut vous montrer sensible dès la première offense ; s'il vous trouve indulgente, il deviendra plus hardi, tel est le caractère de l'homme ; vous pouvez m'en croire. »

« — Dans toutes les autres circonstances, il m'avoit toujours cédé ; mais cette fois - ci il m'a abandonnée au moment où je venois de m'évanouir. »

« — Vous me surprenez au delà de toute expression. Comment, ma chère, vous qui réunissez tous les avantages ; beauté, esprit, jeunesse ; si vous ne parvenez pas à captiver le cœur d'un homme, qui pourra se flatter d'y parvenir ? »

Grisélidis. — « Oh ! pour son cœur, je lui rends bien justice, il est excellent; et je suis sûre qu'il m'aime à la passion. »

« — Et avec cela, vous ne savez pas le conduire; et vous prétendez m'inspirer de la pitié pour vous? Juste ciel! Si j'avois la moitié de vos qualités, quel parti j'en tirerois ! Mais si vous êtes bien résolue à n'être qu'une femme soumise et obéissante, dites-le moi une fois pour toutes, et nous ne traiterons plus ce sujet. »

Grisélidis. « Je ne sais que résoudre à cet égard ; (et laissant tomber négligemment sa tête sur sa main.) je suis fatiguée, excédée, je suis hors d'état de prendre un parti. »

« — Que vous soyez fatiguée, je le conçois ; mais pourriez-vous vous laisser abattre ; quant à moi je n'ai jamais plus de courage, je ne trouve jamais plus de ressources en moi-même que lorsque j'ai une querelle à soutenir. »

« — Pour moi, je ne me trouve cette énergie que lorsque je suis assurée de la victoire.

« — Ma foi ! c'est bien votre faute, si vous n'avez pas toujours cette certitude. »

2. 3*

« — Je l'avois cru aussi jusqu'à la scène d'hier; mais hier il montra tant de fermeté. »

« — Surmontez cette fermeté, ou vous en serez la victime. »

« — L'alternative est terrible, peut-être plus que vous ou moi-même ne l'imaginons; car, vous me croirez si vous voulez, mais jamais je ne l'aimai autant que je fis hier au milieu de mon courroux, et lorsqu'il faisoit tout son possible pour m'irriter. »

« — Rien n'est plus naturel, ma chère, c'est que vous aimez qu'on ait du caractère, et qu'alors il en montroit; c'est ainsi que sont toutes les femmes, et les hommes eux-mêmes. Montrez-lui que vous avez du caractère aussi, il se fâchera comme vous avez fait, et au milieu de sa colère il vous aimera comme vous l'avez aimé au moment où vous prendrez à tâche de le contrarier. »

Grisélidis parut un moment disposée à suivre cet avis, ensuite elle hésita.

« — Mais, ma chère Madame Nettleby, ce moyen vous a-t-il toujours réussi ? »

« — Toujours. »

Cette Dame passoit pour avoir rendu son premier époux très-malheureux ; on ne savoit pas encore comment elle traiteroit le second ; elle en étoit à son premier mois de mariage (1). Sa malice naturelle n'étoit pas la seule cause des conseils qu'elle donnoit dans cette conjoncture. Sa conduite, comme celle de beaucoup d'autres, étoit dirigée par des motifs de plus d'une espèce. Elle n'aimoit point M. Bolingbroke dont elle savoit n'être point aimée ; cependant elle désiroit que son mari le fréquentât, parce que c'étoit un homme riche et qui tenoit un rang distingué.

---

(1) Ce qui s'appelle en anglois *honey-moon* : littéralement le mois de miel,

Grisélidis promit de déployer ce caractère qui devoit la rendre à la fois aimable et victorieuse, et nos deux amies se séparèrent.

CHAPITRE VIII.

Soumise maintenant, muette et résignée,
Elle n'accuse plus sa triste destinée.

Une fois livrée à son propre génie, Grisélidis se dit que la nouveauté avoit un grand pouvoir sur le cœur de l'homme. Au milieu de toutes ses variations, son mari ne l'avoit pas encore vu morne et résignée, et c'est sous ce dernier aspect qu'elle se dispose à paroître. M. Bolingbroke se présente avec le désir le plus vif de lui parler d'une manière douce et raisonnable. Il

débute par lui dire combien il lui
en a coûté de lui causer un moment d'ennui : sa voix, ses regards
étoient l'expression de la vérité même.

L'impassible Grisélidis, sans le-
ver ses yeux appesantis, répond avec
froideur :

« Je suis vraiment fâchée que
vous ayez éprouvé la moindre
peine relativement à moi. »

« La *moindre*! Ah, ma chère !
vous ne vous figurez pas tout ce
que j'ai éprouvé cette nuit. »

Elle le regarde d'un air fort
civil, mais où se peignoit le doute,
et lui répond : « je sens, Monsieur, que je vous dois beaucoup
de reconnoissance. »

Réfroidi par cette politesse gla-
ciale, il demeura quelque temps
sans rien dire. Enfin il reprit :

« Ma chère Grisélidis, ce n'est
point là le ton sur lequel nous
devons vivre ensemble; nous avons
tout ce qu'il faut pour être heureux, ne laissons pas troubler notre
bonheur par des bagatelles qui ne
méritent pas que l'on s'en oc-
cupe. »

Grisélidis. « Si nous ne sommes
pas heureux, certes ce n'est pas
de ma faute. »

« — Sans rechercher de qui ce
peut être la faute, rejetons-la sur
moi, je le veux, oublions le passé
et occupons-nous de l'avenir. Do-

rénavant évitons toutes ces discus-
sions puériles , et vivons comme
deux êtres raisonnables. J'ai la meilleure opinion de votre sexe en gé-
néral et de vous en particulier ;
je désire que le ton de l'amitié et
de l'égalité règne entre nous; je
ne prétends point faire prévaloir
ma volonté; quand nos goûts seront opposés, la raison décidera.
Et si nous différons d'opinions
sur des sujets peu importans, nous
céderons mutuellement l'un à l'autre. »

Grisélidis. « Je ne désire ni
n'espère que par la suite vous me
cédiez en rien ni pour des bagatelles ni pour des choses impor-

tantes ; vous m'avez appris mon devoir. Une femme doit, en tout, se soumettre; et j'espère qu'à l'avenir je saurai me plier à votre volonté souveraine, sans objection et sans murmure. »

« Non, ma chère, ne me traitez pas comme un tyran brutal, tandis que mon seul désir est de vous rendre heureuse. Faites usage de votre intelligence qui est parfaite, et moi je me rendrai toujours avec plaisir à vos raisonnemens. »

« Oh ! je ne vous ennuyerai jamais de mes raisonnemens; je ne ferai jamais aucun usage de mon intelligence; je sais que les

hommes ne veulent pas permettre
aux femmes d'avoir du bon sens,
et je saurai, comme je le dois, me
soumettre à la supériorité de votre
jugement. »

« Mais, ma chère, je ne demande
aucune soumission de votre part;
cette aveugle docilité, bien loin
de me plaire, me seroit vraiment
pénible. »

« Alors je ne sais plus ce qu'il
faut qu'une femme fasse pour
complaire à son mari, si une soumission absolue n'est pas suffisante. »

« Je sais bien que pour moi ce
seroit beaucoup trop. »

« Voilà cependant tout ce que je

puis faire, répond Grisélidis, affectant un air d'humilité profonde.

« — Mais, ma chère, vous ne voulez donc pas absolument m'entendre ?»

« — Est-ce ma faute à moi, si je ne vous comprends pas? Puis-je me vanter de posséder un esprit supérieur comme le vôtre?» Ici notre habile politique jouoit la foiblesse pour mieux gagner sa cause; elle imitoit ces adroits cardinaux qui, aspirant à l'autorité papale, se donnoient pour valétudinaires et décrépits jusqu'à ce qu'ils eussent bien établi leur absolu pouvoir et leur infaillibilité.

« — Je vous confesse donc humblement mon entière infériorité; mais, je l'avoue, je pensois qu'une femme qui savoit obéir étoit parfaitement instruite de ses devoirs; quant à moi, je n'en sais pas davantage. »

Impatienté à l'excès, Monsieur se promenoit dans la chambre, d'un pas inégal et convulsif, tandis que sa tranquille épouse savouroit sur son sofa le plaisir calme de l'obstination.

« — Ma chère, vous eussiez poussé à bout la patience de Job; votre opiniâtreté me désole. »

« — Mon cher ami, ce que vous me dites là me fait beaucoup

de peine. Si je savois seulement ce
que vous désirez que je fasse, vous
seriez sur le champ satisfait. »

« — Ah! ma chère, s'écria-t-il,
en saisissant une main qu'on laissoit pendre négligemment sur le
bras du sofa; ce que je désire,
c'est que vous soyez heureuse.
Voilà tout ce que j'exige de vous. »

« — Cela ne m'est pas possible, »
répond Grisélidis, abandonnant sa
main à son époux; comme si c'eût
été pour elle un devoir de recevoir avec docilité ces caresses con-
jugales. Sa contenance fut d'une
invariable immobilité. L'esclave la
plus soumise du tyran le plus im-
périeux de l'Orient ne se fût pas

abaissée devant lui avec plus de résignation , que notre indocile épouse devant un mari aussi empressé.

Enfin, ne pouvant plus se contenir, il se lève et dit : « Madame, je vous quitte pour le moment, je reviendrai quand vous serez plus, disposée à m'entendre. »

« — Monsieur, quand vous voudrez, toutes les heures me sont indifférentes. Choisissez celle de votre loisir; mon devoir est de vous attendre. »

CHAPITRE IX.

Elle a l'air de céder ; mais de l'obéissance
Son cœur séditieux n'offre que l'apparence.

Quelques heures après, M. Bolingbroke revint, croyant trouver sa sultane de meilleure humeur ; mais il n'approcha pas plutôt du sofa sur lequel elle étoit encore assise, qu'elle parut tout-à-coup métamorphosée en pierre, comme la princesse Rhezia dans les Contes Persans , laquelle étoit toujours charmante et gracieuse, excepté lorsque son époux entroit. La

malheureuse princesse Rhezia aimoit son époux tendrement, mais
un vil enchanteur empoisonnoit
son destin de cette manière. Si
elle étoit digne de pitié pour le
changement involontaire qu'on lui
faisoit subir, notre héroïne est
digne d'admiration pour sa constance à souffrir une peine qu'elle
s'infligeoit de son propre mouvement; peine qui d'ailleurs la ren-
doit odieuse aux yeux d'un mari
dont elle étoit passionnément aimée.

« Ma chère, (lui dit son époux,
le plus patient des mortels), je suis
fâché de revenir sur des idées qui
vous sont désagréables; je traiterai
encore ce sujet une fois, pour n'en

plus parler jamais. Je supporterai
M. Nettleby par considération pour
vous, si, en revanche, vous con-
sentez à fréquenter Madame Granby. Allons voir l'un demain ensemble, et le jour suivant nous
irons faire visite à l'autre. Quand
un mari et une femme ne par-
tagent pas le même désir, il faut
que chacun cède quelque chose
de son côté. J'espère que cet
arrangement pourra vous convenir. »

« — Une femme n'a point d'ar-
rangements à prendre avec son
mari ; elle n'a autre chose à faire
que de se soumettre aux volontés
qu'on lui manifeste. J'irai mardi

chez M. Granby, comme vous l'or-
donnez.

« — Moi! ordonner !»

« — Eh bien comme vous.....
Employez le mot qui vous conviendra davantage.

« — Mais, ma chère, l'arrangement que je vous ai proposé vous
convient-il ?

« — Il importe peu que j'en
sois contente ou non. »

« — Cela m'importe beaucoup
à moi, comme vous devez le sentir. Mon unique désir est de vous
rendre heureuse ; et je vous le
prouve bien, en consentant à voir
un homme que je n'aime point du
tout. »

« — Je vous en suis très-obligée ;
mais, comme il m'est fort indifférent que vous alliez voir M. Nettleby
ou non, j'en ai parlé uniquement
par forme de conversation ; et je
vous supplie de ne point y aller
par complaisance pour moi. Je
compte bien que, dans cette cir-
constance comme dans toutes les
autres, vous ne ferez jamais que
ce qui vous conviendra le mieux ;
et je n'aurai jamais la hardiesse
de vous faire la plus légère observation. »

On ne put en arracher davantage de cette obéissante épouse.
Elle alla faire visite à M. Granby ;
elle fut toute docilité, toute sou-

mission, parce qu'elle savoit que
cette manière affectée étoit la plus
insupportable à tout époux, et
surtout à un époux tel que le
sien; elle persista dans sa malicieuse obéissance, jusqu'à ce qu'enfin sa victime, poussée à bout,
s'écria :

Je t'aime et je te hais; mais je veux bien mourir
Si je sais d'où me vient mon amour ou ma haine;
Ce que je puis donner comme chose certaine,
C'est qu'il faut, malgré moi, t'aimer et te haïr.

L'héroïne fut enchantée de cet
aveu. Il lui parut charmant d'avoir
inspiré des affections si disparates.
Elle ne soupçonnoit pas qu'un jour,
de ces deux sentimens l'un pût

2.   5

tellement prévaloir sur l'autre,
qu'elle auroit à regretter le temps
où ils étoient encore contrebalan-
cés.

Tandis que Grisélidis remplis-
soit avec cette perfection les devoirs d'une femme soumise, Madame Nettleby la secondoit de
son mieux, en la présentant à
toutes leurs connoissances réciproques, comme un modèle de
patience et de résignation, comme
une femme qui étoit vraiment à
plaindre.

« La pauvre Madame Bolingbroke ! Vous ne sauriez croire
combien elle est changée depuis
son mariage ! Comme elle est

abattue ! Elle a perdu toute sa vivacité ! Elle fait vraiment peine à voir. Que vous la trouveriez malheureuse, si vous étiez au fait de tout ! »

Ensuite, un geste significatif, ou un regard finement compâtissant, donnoient pâture aux imaginations ; et si ce moyen ne réussissoit pas, elle hasardoit de murmurer à l'oreille de quelque voisine: « M. Bolingbroke est un mari bien désagréable ; et, à dire vrai, c'est un terrible tyran ; on ne le devineroit pas, à le voir simplement dans la société ; mais les hommes sont si trompeurs ! »

M. Bolingbroke s'aperçut bientôt que toutes ses espérances de bonheur étoient trompées, que tous ses pas étoient entravés par les obstacles que semoit devant lui cette femme malicieuse. Il vit qu'elle prenoit, de jour en jour, plus d'empire sur l'esprit de sa femme ; bien qu'elles se vissent tous les jours, ces deux Dames ne pouvoient se rencontrer sans avoir à se communiquer quelque important secret. On tramoit toujours quelque conjuration dans le mystère de laquelle il ne pouvoit être admis. Des billets alloient et venoient continuellement ; mais, à l'approche de l'ennemi, on les précipitoit vîte dans les flammes.

M. Bolingbroke résolut de rompre une association qui sembloit bien plutôt formée par la haine que par l'amitié. L'hiver venoit de finir ; profitant de la soumission perverse et obstinée de sa femme, il lui proposa de venir passer quelques semaines dans une charmante maison de campagne qu'avoit à Devonshire son ami Monsieur Granby. La femme est faite pour obéir, et Grisélidis devoit soutenir son caractère. Cependant, elle se promit bien de faire payer sa docilité aussi cher que possible, et de rendre très-ennuyeuse une partie de plaisir. Elle devoit faire la route dans une même voiture

avec Monsieur et Madame Granby.
Avant son départ, elle n'eut que
le temps d'écrire à Madame Nettleby, pour lui faire part de ses
intentions, et prendre congé d'elle
jusqu'à de meilleurs temps. Madame Nettleby fut vraiment affligée de voir sa correspondance
interrompue ; elle alloit être pri-
vée du plaisir d'entendre racon-
ter des querelles de ménage, et
du plaisir plus grand encore d'en
faire naître. Depuis deux mois,
elle étoit mariée, et son sot de
mari prétendoit toujours faire le
rétif ; or, on sait que de tous
les animaux rétifs, un sot est
celui qui l'est davantage. Mais re-

posons-nous tranquillement sur Madame Nettleby du soin de lui opposer une résistance pour le moins
suffisante.

CHAPITRE X.

« Plaisir ne l'est qu'autant qu'on le partage. »

Nous passerons sous silence une foule de petits tourmens que fit souffrir Grisélidis à ses compagnons de voyage jusqu'à leur arrivée à Devonshire. Auberges, nourriture, lits, équipages, routes, vents, pluye, soleil, l'eau et la terre, tout fut pour elle un sujet de murmure. Il étoit remarquable qu'Emma n'aperçût aucun de ces inconvéniens, ou si elle les apercevoit ce n'étoit que pour s'en jouer ou pour s'en garantir.

Lord Kames a dit quelque part que le talent de voir les choses en beau étoit un don préférable à tous ceux qui eussent jamais été accordés par les Fées. Emma jouissoit de cette faculté au plus haut degré, et dès que Grisélidis citoit un malheur qui menaçoit ou qui étoit déja arrivé, Emma trouvoit à lui opposer quelque heureux événement présent, passé ou futur; de sorte que l'esprit de contradiction le mieux caractérisé ne pouvoit résister à la magie de sa bonne humeur. Arrivée dans sa maison, elle en fit les honneurs à ses hôtes avec une grâce et une gaieté charmantes ; et, quoique ses aimables politesses ne fussent reçues qu'avec indifférence ou comme un tribut dû à la supériorité, son active bienveillance ne se ralentissoit pas pour cela ; mais, au lieu de s'offenser, elle sembloit plaindre son amie qui avoit été élevée un peu en enfant gâtée.

« Grisélidis , dit un jour Madame Granby , avec son indulgence ordinaire, Grisélidis est si jolie, si aimable, on a tant admiré, exalté ses talens, qu'il n'est pas étonnant qu'à force d'hommages on lui ait un peu fait tourner la tête. J'avoue qu'à sa place, ma

foible raison eût succombé. Con-
noît-on la mesure de ses forces
jusqu'à ce qu'elles aient été mises
à l'épreuve ?

« Une autre chose est à considérer. Grisélidis excite la jalousie ;
et, quoique ses torts ne soyent pas
plus nombreux que ceux d'une autre, ils sont plus remarqués, parce
que l'éclat de sa personne les met
dans un plus grand jour. Avez-
vous remarqué la multitude d'a-
tômes qui nagent dans un seul
rayon du soleil introduit dans une
chambre ténébreuse par une étroite
ouverture ? Ces atômes sont également nombreux dans tous les
autres endroits de l'appartement ;

mais ils ne sont aperçus qu'au
moyens de la clarté qui les décèle.
La poussière qui vit dans l'obscurité doit réfléchir là-dessus, et avoir
de l'indulgence pour celle qui se
trouve éclairée. »

Il n'y avoit pas l'ombre d'ostentation dans la bonté d'Emma ; elle
sembloit s'abandonner uniquement
à sa pente naturelle ; et, comme
Grisélidis disoit elle-même, elle
étoit bonne, parce qu'elle ne pouvoit s'en empêcher ; elle n'attendoit
ni éloges ni remercimens pour ce
qu'elle faisoit ; et, pourvu que ses
amis fussent heureux, elle étoit sa-
tisfaite, et ne recherchoit pas seulement le modeste plaisir de paroître

avoir contribué à leur bonheur.
Ses moyens de plaire étoient inta-
rissables, et le secret de leur durée
étoit si simple, qu'on ne s'avisoit
pas de le deviner. Il réposoit tout
entier sur l'égalité de son humeur.
Ainsi, dans certains monumens de
l'Egypte qui ont fait l'admiration
des siécles, les couleurs, quoique
fraîches encore, n'ont rien de bien
merveilleux ; on attribue leur durée à la douceur et à l'invariabi-
lité de l'atmosphère qui les en-
toure. Mais Grisélidis nous défend
toute espèce d'épisode.

Madame Bolingbroke se lassa de
la monotonie de sa manière d'être,
quoique cette manière fût d'un

genre très-sérieux ; son génie se
révolta contre cette affectation continuelle de docilité. L'air de la
campagne lui rendit sa vivacité
première ; elle redevint aussi agréable que possible. Son esprit, sa
gaieté, ses saillies, en firent l'ame
de la société.

Comme le Marquis de Chatellux
le disoit d'une beauté très-sédui-
sante, elle n'avoit point d'expression sans grâce ; et point de grâce
sans expression. Il fut agréable pour
Grisélidis de s'entendre dire :

« Comme Madame Bolingbroke
est charmante, quand elle veut
l'être ; qui pourroit lui résister,
quand elle cherche à captiver ?

Non ! Madame Bolingbroke n'a pas son égale quand elle est dans ses *bons jours.* »

C'eût été un triomphe bien doux d'éclipser Madame Granby ; mais celle-ci, toujours simple et modeste, n'éprouvoit aucune mortification d'être ainsi cachée dans l'obscurité ; le plaisir sincère que lui faisoient éprouver les succès de son amie empêchoit qu'on pût la considérer comme une rivale. Elle avoit gardé un silence si profond sur la froideur qui régnoit entre Grisélidis et son époux, sur les altercations qui les divisoient fréquemment, qu'on eût dit qu'elle ne les avoit pas remarquées. Mais la joie qu'elle manifesta, en les voyant rapprochés et vivant en meilleure union, prouva que sa pénétration n'étoit pas en défaut. Dans toutes ces occasions, où un aveuglement volontaire est plutôt prudence qu'artifice, elle sembloit ne voir que ce que l'on désiroit qu'elle vît. M. Bolingbroke étoit enchanté de sa femme, et s'écrioit à chaque instant : plaise au ciel que cela dure !

Cet heureux époux, persuadé qu'il avoit trouvé une mine inépuisable de bonheur, respiroit enfin, et bénissoit la destinée. Mais cette mine, comme tant d'autres, étoit trompeuse ; sa richesse apparente s'évanouit bientôt, et fit place aux regrets et au malheur. Il est des plaisirs dont la douceur funeste attache l'ignorant, mais que fuit avec précipitation celui qui fut éclairé par la sage expérience. M. Bolingbroke alloit être accablé de la tendresse de sa sensible moitié. S'il montoit à cheval, elle craignoit qu'il ne tombât; s'il se promenoit à pied, il alloit se fatiguer; s'il reposoit, il ne prenoit pas assez d'exercice; mangeoit-il, il se rendroit malade; ne mangeoit-il pas, il étoit donc dérangé, etc., etc. : ces tendres allarmes n'avoient pas de fin. Il sentoit combien il étoit ridicule de se laisser conduire par elles, mais la moindre résistance

devenoit le comble de l'ingratitude
et de l'insensibilité. Un soir il étoit
resté quelque temps la croisée ou-
verte pour considérer un beau clair
de lune; on lui dit que cela lui
feroit mal; il en rit; ce rire produisit un accès de mélancolie.
Cette mélancolie, qu'il essaya de
guérir, devint colère; ensuite ar-
rivèrent les larmes, et un torrent
de reproches. En considération du
motif qui, en lui-même, n'avoit rien
que de touchant, Monsieur par-
donna la colère, et, pendant quelques jours suivit sans murmurer
le régime qu'on lui avoit prescrit
pour sa santé et pour son bonheur.
Mais sa complaisance se lassa, et

un jour il mangea d'un plat qu'on lui avoit défendu. Madame se fâcha de ce qu'il ne vouloit point avouer qu'il en eût été malade. Elle prétendit que c'étoit de l'obstination ; il soutint que c'étoit l'exacte vérité. Dans certains cas, la vérité est tout ce que l'on peut dire de plus offensant. Grisélidis devint furieuse, elle prononça tout ce que peut suggérer de plus fort l'acrimonie conjugale, et quand elle eut échauffé aussi la bile de son époux elle se calma, et dit : « vous sentez bien, mon cher, que je ne parle ainsi que par attachement pour vous. »

M. Bolingbroke, reprenant sa

gaieté ordinaire , lui répond :
« Vous avez l'art de m'irriter et
de me calmer à votre gré ; et vous
usez largement de la recette ; ainsi
gouvernez - moi , faites de moi ce
que vous voudrez, je ne puis m'y
opposer. »

« — On diroit que vous me
prenez pour un vampire qui, du
souffle de ses ailes, endort sa victime pour sucer son sang plus à
son aise. »

« La comparaison est plus juste
que vous ne le pensez, répondit
M. Bolingbroke, en riant, et je
vous en remercie. »

« Vraiment juste, reprit-elle, et
la tristesse se peignit sur son vi-

sage. Elle persista à croire que
son mari lui avoit parlé sérieusement; et ajouta : je vois bien que
mon amour pour vous n'est à vos
yeux qu'une perfidie; eh bien, je
cesserai de le témoigner, et vous ne
pourrez plus m'accuser de fausseté.»

Vainement il protesta qu'il avoit
voulu plaisanter. Elle étoit con-
vaincue qu'il avoit parlé sérieusement : tout-à-coup elle étoit devenue
incapable de distinguer le sérieux
de la plaisanterie. Elle revenoit
sur cette idée de vampire chaque
fois qu'il lui convenoit de sup-
poser que son mari avoit sur elle
quelque pensée désagréable, ce qui
ne lui arrivoit jamais. Ce vampire

devint pour lui un oiseau de mauvais augure qui annonça une suite
nombreuse d'infortunes qu'aucun
mortel ne pouvoit prévoir, et
qu'aucune prudence humaine ne
pouvoit détourner; car il n'y avoit
ni sacrifices ni prières qui pussent
apaiser la Divinité dont il étoit
poursuivi.

CHAPITRE XI.

L'amour est fatigué de votre tyrannie;
Il guette le moment; vous en serez punie.

Désespérant de pouvoir regagner la faveur de sa fantasque moitié, M. Bolingbroke prit le parti d'éviter sa présence. Pendant quelques jours, il accompagna son ami M. Granby qui s'occupoit de faire une plantation dans ses terres. Grisélidis fut courroucée de voir que son époux pût trouver quelque amusement loin d'elle; et, quand il rentroit, elle ne manquoit jamais de lui en montrer son mécontentement.

Un matin que nos deux agriculteurs avoient été fort occupés de leurs travaux, ils rentrèrent après l'heure prescrite du déjeuner; ce fut un spectacle frappant que le contraste des regards des deux femmes qui les reçurent. Grisélidis ne put pardonner à Madame Bolingbroke d'être de si bonne humeur.

Oh ciel! Madame Granby, dit-elle, quelle indulgence vous avez pour ces Messieurs!

Pendant tout le déjeuner, elle ne fit que jouer avec sa cuiller, et ne daigna pas prononcer une syllabe. Emma, au contraire, leur demandoit des nouvelles de leurs plantations, et s'intéressoit, avec grâce et simplicité, au sujet qui les occupoit dans ce moment. Personne plus qu'Emma ne savoit prendre part aux petits plaisirs, aux petites peines de ses amis. Ces attentions frivoles en apparence, en se reproduisant fréquemment, consolident singulièrement les affections réciproques, et sous le garant de la félicité domestique. C'est par ces liens foibles et presque imperceptibles que les membres de la société sont fortement enchaînés.

Quand M. Bolingbroke et son ami furent retournés à leurs amu-

2.

semens champêtres, Grisélidis s'é-
tendit nonchalamment sur un sofa,
et adressa de vifs reproches à
Emma sur ce qu'elle gâtoit son
mari de la sorte. Emma se défen-
dit en riant, et dit qu'elle n'osoit
pas se hasarder à faire à personne
une peine même légère, parce qu'elle
n'étoit pas aussi sûre que bien d'autres d'être agréable dès qu'elle le
voudroit. Madame Bolingbroke se
mit à disserter sur la différence
qui existe entre l'amour et l'amitié;
sa vanité et sa malice insistèrent
aussi sur la différence des sentimens qu'inspiroient les différentes
femmes. La passion, soutenoit-elle,
ne pouvoit être alimentée que par

un heureux mélange de caprice
et de grâce, par un peu de froideur, et même de bizarrerie. Elle
avoua que, pour sa part, jamais
elle ne se contenteroit de l'amitié
de son mari. Emma, sans approu-
ver et sans combattre ses prétentions
à l'amour, cita ce mot d'un auteur
français : « L'amitié est l'amour
sans ailes. »

Grisélidis, qui ne craignoit point
que l'amour s'éloignât jamais d'elle,
déclara que s'il n'avoit point d'ailes
il ne sauroit lui plaire.

Elle ne se doutoit pas que les
petites vexations qu'elle faisoit ha-
bituellement endurer à son époux,
dussent jamais réfroidir ses senti-

mens pour elle. Elle n'avoit jamais
réfléchi sur les prodigieux effets
que peuvent produire de petites
causes qui agissent constamment.
C'est une réflexion en effet qui ne
se présente pas naturellement à
la vanité humaine.

Qui, en contemplant un de ces
beaux tableaux de Raphaël, dont
les couleurs brillent encore de
tout leur premier éclat, a jamais
pensé à ces imperceptibles insectes
qui travaillent en silence à la destruction de ces monumens précieux?
Qui, en voyant la galère dorée
fendre l'onde, en faisant flotter les
riches banderolles de son orgueil-
leux pavillon, a daigné abaisser sa

pensée sur ces nuisibles vers qui rongent intérieurement le superbe navire ? L'imagination de l'homme a de la répugnance pour tout ce qui la ramène vers la réalité, pour tout ce qui la fait descendre des hauteurs d'une félicité fantastique vers la vérité toujours moins flatteuse. Les ailes de l'imagination, accoutumées à monter, répugnent à tout mouvement rétrograde.

Toujours assurée du pouvoir de ses charmes, étrangère à l'idée même du péril, et croyant son empire aussi durable qu'absolu, Madame Bolingbroke, pour étaler devant Emma le spectacle de sa puissance, persista dans son système de vexa‑

2. 7*

tions. Elle sut les varier avec un
art surprenant ; après avoir épuisé
les anciennes, elle en inventa de
nouvelles ; et, lorsque celles - ci
avoient perdu de leur efficacité,
elle retournoit à sa première méthode. Elle avoit remarqué que
la contradiction brusque, employée
assez fréquemment parmi les amis
intimes, étoit un sûr moyen pour
impatienter ; aussi ne dédaigna-t-
elle pas de faire usage de cette
méthode quelque impolie qu'elle
pût être. Cette pratique produisit
d'autant plus d'effet qu'elle étoit
absolument contraire à celle de
Madame Granby qui, dans la conversation, soit avec son époux, soit

avec ses plus intimes amis, ne s'écartoit jamais de la politesse la plus attentive. Ses opinions étoient toujours énoncées avec franchise, mais elle professoit le respect le plus indulgent pour les sentimens qui n'étoient pas les siens. Elle savoit discuter sans disputer jamais, et ne sacrifioit point les charmes doux et paisibles de la conversation au désir de briller ou au vain plaisir de faire prévaloir ses propres opinions.

CHAPITRE XII.

Son humeur, chaque jour, plus aigre et plus sauvage,
Fatiguoit son époux, l'irritoit davantage.

Par son entremise judicieuse et conciliante, Emma prévenoit souvent les conséquences fâcheuses qui pouvoient résulter de la passion habituelle de Grisélidis pour la contradiction. Mais, un soir, elle ne put, avec toute son habileté, détourner un orage qui s'éleva à l'occasion de la prononciation d'un mot. Il étoit près d'onze heures;

on alloit se mettre à table pour souper; une parfaite harmonie sembloit régner entre les esprits. M. Bolingbroke se mit à dire :

« Je crois que le vent s'élève. (Il prononça le mot vent *Wind* bref).

— Comme vous prononcez! reprit sa femme en le contrefaisant. Veuillez bien, s'il vous plaît, faire le mot de *Wind* long.

« — Ma chère, je doute que votre manière de prononcer soit la bonne. »

« — Et moi, je suis fort surprise de votre doute, car je n'ai jamais entendu que vous prononcer de la sorte. »

« — Cela me paroît bien extraordinaire, car il est sûr qu'une foule de gens prononcent *Wind* comme une syllabe brève. »

« — Des gens du commun, peut-être. »

« — Non pas, des personnes bien élevées, et qui ont de l'instruction. »

Grisélidis, d'un air de mépris, répéta ce mot *bien élevées*.

« — Oui, ma chère, bien élevées, répéta M. Bolingbroke qui étoit bien décidé à défendre son opinion avec force et chaleur, oui, les personnes bien élevées prononcent toutes comme je l'ai fait. »

« — Vous pouvez soutenir tout ce

que vous voudrez, répond Grisélidis très-froidement, mais moi je
soutiens le contraire.

*M. Bolingbroke, d'un ton plus
élevé* : « Une assertion de part ni
d'autre ne peut être donnée pour
une preuve. »

« — Non, en vérité ; surtout
une assertion aussi absurde que
la vôtre. Mais, sans aller chercher
un juge plus loin, dites-moi Madame Granby, avez-vous jamais
entendu prononcer *Wind* bref par
quelqu'un qui parlât bien ? »

M. Bolingbroke : « Madame
Granby, n'avez-vous pas entendu
prononcer ainsi dans la bonne
compagnie ? »

Les deux disputans s'approchèrent
à la fois de leur arbitre , aussi
échauffés que s'il se fût agi de
leur fortune ou de leur vie.

Madame Granby. « Je crois avoir
entendu prononcer ce mot des
deux manières par des personnes
bien élevées et instruites. »

*Madame Bolingbroke, d'un air
de dépit :* « — Mais c'est ne rien
dire du tout, ma chère. »

M. Bolingbroke. — « Pour
moi, c'est tout ce que je demande. »

« — Cependant, je parie tout
ce qu'on voudra que si M. *** étoit
ici, il décideroit en ma faveur,
et je pense que vous ne conteste-
riez pas après sa décision. »

« — Je me soumettrai à celle du Dictionnaire de Shéridan, dit M. Bolingbroke, en prenant ce livre dans une tablette, et en tournant rapidement les feuillets. Shéridan me donne gain de cause, s'écria-t-il d'un air triomphant. »

« — Monsieur, ne prenez pas cet air d'assurance, car je ne me soumets point à l'autorité de Shéridan. »

« — Non : eh bien, vous soumettrez-vous à celle de Kenrick ? »

— « Voyons d'abord ce qu'il dit, reprit Grisélidis, ensuite je vous répondrai. »

Kenrick n'étoit pas de son opinion, aussi son autorité fut-elle

2. 8

récusée. On produisit Walker, et
cette bataille de Dictionnaires sembloit ne devoir pas finir. Madame Granby, dans les intervalles
où elle pouvoit faire entendre sa
voix, représentoit qu'une discussion
sur la prononciation étoit inter-
minable, parce qu'on ne pouvoit
alléguer d'autre raison que l'usage,
qui, de sa nature, étoit perpétuel-
lement changeant; car, comme le
dit Jonhson : « Vu que la prononciation des mots varie suivant
le caprice de ceux qui les em-
ployent, il est impossible de l'in-
diquer dans un Dictionnaire d'une
manière invariable; on parvien-
droit plutôt à dessiner un arbre

agité par les vents , et dont la ré-
présentation seroit mouvante sur
les flots. »

Les combattans permirent à peine
à Emma de terminer sa comparaison ; et certainement ils ne se
donnèrent pas le temps nécessaire
pour la comprendre ; mais ils con-
tinuèrent à disputer sur le mot
usage qui étoit le seul qu'ils eussent entendu.

Oui, l'usage, l'usage s'écrioient-ils
à la fois ; certainement l'usage doit
décider. Ensuite venoit *mon* usage
et le *vôtre;* celui du théâtre , de
la bonne compagnie, celui des
meilleurs poètes ; et on les oppo-
soit les uns aux autres avec une

incroyable rapidité. « Juste ciel !
ma chère amie, avez-vous jamais entendu Kemble prononcer
le mot *Wind* ainsi que mon
mari ? »

« — Il est possible que l'on pro-
nonce de la sorte sur le théâtre,
mais dans la conversation, ma
chère, je pense que ma manière
est la meilleure. »

« — Monsieur, j'en appelle aux
meilleurs poètes ; votre prétention
certainement est absurde. »

Emma, se plaçant avec une aimable vivacité entre les deux ad-
versaires, leur dit : mes chers enfans, écoutez-moi ; je veux parler
à mon tour ; car, depuis une de-

mi - heure , je n'ai pas ouvert la bouche, voici comme je pro-nonce :

« Tous les deux vous avez raison , et tous les deux vous avez tort. Et, maintenant, je crois que ce que nous avons de mieux à faire, c'est d'aller reposer, car il est mi-nuit passé. »

Tout en gagnant leur apparte-ment, nos disputeurs continuoient leur querelle; Madame Boling-broke, d'une voix fort aigre, citoit une foule de vers.

Sa voix, s'élevant avec le nombre de ses citations, étoit arrivée à son dernier degré. En vain son mari reconnoissoit que le mot fatal pou-

voit être ainsi prononcé en poésie;
elle accumula les passages, entassa
les raisonnemens jusqu'à ce qu'enfin elle ne sut plus du tout ce
qu'elle disoit. Alors M. Bolingbroke céda complètement. Le bruit
souvent produit plus d'effet que
toute la raison et l'éloquence du
monde.

« Ainsi, dit cet époux subjugué,
un certain faucon qui avoit ré-
sisté à toutes les peines que l'on
avoit prises pour l'apprivoiser, le
fut à la fin par le bruit con-
tinuel du manteau d'un for-
geron auprès duquel on l'avoit
placé. »

Grisélidis fut indignée de cette

remarque, et surtout de la comparaison qu'elle appela une seconde édition du vampire. Ainsi, le mari et la femme s'en-
dormirent plus mécontens l'un
de l'autre qu'ils ne l'avoient jamais été depuis leur mariage ;
et cela pour la prononciation
d'un mot.

Monsieur Bolingbroke fut réveillé, de grand matin, par un
message qui lui apprenoit que
son oncle étoit très-malade, et
qu'il désiroit le voir immédia-
tement. Monsieur Bolingbroke se
leva sur le champ ; et , tandis
qu'il se préparoit en grande hâte
pour son voyage, sa femme lui

contestoit la nécessité de s'absen-
ter, et finit par dire : « Pro-
mettez-moi de m'écrire par chaque
courrier. N'y manquez pas.

CHAPITRE XIII.

L'un cherche à s'affranchir, et l'autre à dominer.

Monsieur Bolingbroke n'obéit pas ponctuellement à la demande ou plutôt à l'injonction que lui avoit faite sa femme de lui écrire par chaque courrier, et quand Grisélidis recevoit une lettre de lui, elle ne manquoit jamais d'y trouver quelque faute. Elles étoient trop courtes, trop froides et guindées ; ce n'étoit pas ainsi qu'il écrivoit avant d'être marié. Cette

observation étoit de toute vérité ;
et l'absence n'étoit pas une cir-
constance très - favorable à notre
héroïne. L'absence, dit-on, éteint
une flamme médiocre, et accroît
celle qui est déja très-vive. L'a-
mour de Monsieur Bolingbroke
pour Grisélidis étoit depuis quelque temps visiblement diminué.
En la quittant, il emporta la
désagréable impression de leur dernière dispute. En se tenant plus
éloigné d'elle, il s'apercevoit que
sa chaîne, loin de s'appesantir, devenoit de jour en jour plus légère.
La santé de son oncle se rétablit ;
il trouva dans son voisinage une
société agréable ; on l'engagea à

prolonger son séjour dans un lieu
où, bien loin de trouver des contrariétés, il ne rencontroit qu'agré-
ment et plaisirs. Malheureusement,
un soir, sa femme et une certaine
épigramme fort connue se présen-
tèrent de concert à son esprit.

« A tes côtés jadis constamment enchainé,
Je ne pouvois sans toi passer un jour, ma chère ;
D'un mois je ne t'ai vue, et je suis étonné
D'avoir pu près de toi passer une heure entière. »

Dans le même temps, Grisélidis
n'avoit d'autre plaisir que de se
plaindre de son mari, dans les
lettres qu'elle écrivoit journelle-
ment à Madame Nettleby. Celle-ci,
à son tour, lui faisoit confidence des

barbares procédés qu'elle avoit à essuyer de la part de son époux; elle avoit appris à ses dépens que c'est une folie d'épouser un sot, dans l'espoir de le gouverner. « Que devenir avec un personnage impassible que nul tourment n'agitoit, qui n'étoit ému ni par la plaisanterie ni par le sarcasme, l'éloquence ni le bruit, les pleurs ni les caresses; qui bravoit la raison, ne connoissoit pas la jalousie, et ne s'informoit de l'opinion du monde que pour l'affronter ?

« Que lui importoit ce que pensoit l'Univers ? Il vouloit en agir à sa fantaisie, être maître dans sa maison; il ne savoit ce que si-

gnifioient les demandes ni les cris;
ce que c'étoit que d'avoir tort ou
raison ; il prétendoit être obéi.
Une femme ne devoit point le
gouverner. Il ne se faisoit point
une idée d'une femme qui com-
mandoit, elle n'étoit destinée qu'à
obéir ; elle en avoit fait la promesse
à l'église. Quant à la jalousie, il
n'avoit qu'une chose à dire : Con-
duisez-vous comme il faut, ou je
divorce: être maître absolu de sa
femme ou être marié étoient pour
lui de parfaits synonymes. »

On eût essayé vainement d'ai-
guillonner ce caractère insensible
pour en tirer quelque chose de
bon; on n'eût pas mieux réussi

que Linné qui, au moyen d'une
piqûre, faisoit, dit-on, produire des
perles par les huitres. Madame
Nettleby , la spirituelle , l'adroite
Madame Nettleby étoit actuellement
réduite à la condition la plus ab-
jecte et la plus désespérante; elle
étoit l'esclave, et de qui? d'un im-
bécille. Pouvoit - on même avoir
pitié de son sort ?

Un jour Madame Bolingbroke
reçut une dépêche de sept pages
de la part de Madame Nettleby
où celle-ci lui faisoit un narré
ample et détaillé de la singulière
obstination de Monsieur son époux
qui, dans une partie sur l'eau, n'a-
voit pas voulu absolument lui

confier la direction de la barque ,
et avoit ainsi été cause que la barque
avoit chaviré, et que presque toute
la société avoit failli d'être sub-
mergée. Ennuyée de cette longue
histoire et de toutes les réflexions
qui l'accompagnoient , Grisélidis
fit un tour de promenade pour
se délasser. Tout en suivant un
agréable sentier à travers champs,
elle arriva près d'un chemin fer-
mé de haies où elle distingua les
voix de Monsieur et de Madame
Granby. Un buisson d'aubépine
l'empêchoit d'être vue. En s'appro-
chant , elle entendit M. Granby
qui disoit à Emma , du ton de l'a-
mitié la plus tendre :

« Ma chère Emma, il faut absolument qu'elle soit exécutée de
la manière qui vous plaît davantage. »

Leurs regards étoient alors tour-
nés vers une petite maison qu'ils
faisoient bâtir. Les maçons avoient
par mégarde suivi le plan fourni
par M. Granby, au lieu de celui
qu'Emma préféroit. Le mur étoit
déja fort avancé; mais M. Granby désiroit qu'on le mît à bas,
pour le reconstruire sur le plan
qui plaisoit davantage à sa femme.

Comment! s'écria Grisélidis, vous
seriez décidé à faire abattre ce
mur?

« — Et certainement. Et qui

plus est, je m'en vais dès l'instant mettre moi-même la main à l'ouvrage. »

Il courut aider les ouvriers, et travailla avec un zèle qui augmenta la surprise de Grisélidis.

« — Juste ciel! Il n'en feroit pas davantage quand il seroit votre amant. »

Emma. « Avant notre mariage, il n'en avoit jamais fait autant. »

« — C'est étrange ; c'est tout le contraire des autres hommes. Mais, ma chère, poursuivit Grisélidis, en prenant à part Madame Granby, comment avez-

2, 9*

vous acquis autant d'empire sur
votre époux ? »

« — En ne faisant rien pour y
parvenir, reprit Emma ; voilà le
seul art que j'aie jamais employé.

———

CHAPITRE XIV.

Et cependant, avec toute sa diablerie,
Il faut que je l'appelle et mon cœur et ma mie.

GRISELIDIS réfléchissoit encore à
la méthode singulière dont s'étoit
servi Emma, pour obtenir sur son
époux un empire si grand, quand,
à une certaine distance, elle aperçut une chaise de poste, et recon-
nut le voyageur qui étoit dedans
pour être M. Bolingbroke lui-même.
Il ne portoit pas sur sa figure cette
gaieté qu'elle attendoit de lui, en
la revoyant, après une absence

d'un mois. Elle en fut piquée, et
le reçut froidement. Lui, se tour-
na vers Monsieur et Madame
Granby, et ne parut pas affligé.
Grisélidis n'ouvrit pas la bouche
jusqu'à la maison ; son mari persista dans sa bonne humeur :
elle, de plus en plus mécontente,
ne prit pas la peine de le dé-
guiser. Tout cela fut supporté si
facilement, fut même si peu remarqué, qu'à la fin perdant patience, dès qu'ils furent seuls, elle
saisit la première occasion d'éclater.

« Ce n'étoit pas de cette manière-
là que vous me receviez autrefois,
même après une absence bien plus
courte. » Il répondit qu'il étoit

charmé de la revoir, mais qu'il sembloit qu'elle de son côté ne partageoit pas ce plaisir.

« — Vous voyez la chose ainsi, parce que vous-même vous êtes changé. J'ai toujours prédit que vous cesseriez de m'aimer. »

« — Prenez garde, ma chère, il y a des choses qui arrivent uniquement parce qu'on les a annoncées. Allons, Grisélidis, poursuivit-il, d'un ton plus sérieux, ne commençons pas par nous quereller tout en nous revoyant. Il se présenta pour l'embrasser, mais elle le repoussa fièrement ; ne venez-vous pas d'avouer que vous ne m'aimiez plus ? s'écria-t-elle. »

« — J'en suis bien éloigné; mais il est en votre pouvoir de diminuer ou d'accroître l'amour que j'ai pour vous. »

« — Oh! quel amour que celui qui peut ainsi diminuer ou augmenter! Autant vaut n'être pas aimée. Je me rappelle ce jour où vous me jurâtes que votre affection pour moi étoit au comble, et ne pourroit jamais s'affoiblir. »

« — Oh! alors j'étois amoureux, et je ne savois trop ce que je disois, répondit M. Bolingbroke qui tâchoit de détourner la conversation: peut-on demander compte à un homme de sang - froid de ce

qu'il a dit lorsqu'il étoit dans l'i-
vresse ? »

— Vous êtes donc bien de sang-
froid, maintenant ; vous êtes d'un
calme parfait.

— Du moins je crois pouvoir
m'en flatter, répond-on, en riant.

— Homme cruel, impitoyable !

— Parce que je suis de sang-
froid : n'y a-t-il pas dix-huit mois,
ma chère, que vous travaillez à
m'inspirer ce calme ? Pouvez-vous
être étonnée d'avoir en grande
partie réussi ?

« — Réussi ! Ah ! malheureuse
que je suis. Puisse tout mon sexe
me voir en ce moment, et vous
entendre vous-même ? Non, l'a-

mour d'un homme n'a jamais survécu d'un an à son mariage! Tyran faux et parjure, laissez-moi, laissez-moi!»

Le tyran obéit. On le rappela d'une voix à demi-étouffée par la colère, mais il ne revint pas.

Jamais l'accent du reproche ne ramena l'Amour fugitif. L'Amour, comme le content les poètes, n'est pas effrayé à l'aspect des chaînes qu'on lui présente, car il est aveugle; mais il a l'oreille d'une délicatesse extrême, et de certains reproches produisent sur lui un effet infaillible; il bat des ailes, et s'enfuit pour ne plus reparoître.

Grisélidis resta quelque temps

dans sa chambre, pour se livrer
à sa mauvaise humeur ; elle ne
fut point, comme auparavant, dé-
rangée dans cette occupation chérie
par les empressemens assidus de
son époux. Sa douleur auroit été
beaucoup plus longue, si elle n'eût
été terminée par un événement
fort naturel, mais que l'on n'eût
pas cru si efficace; la faim s'em-
para d'elle. Nos passions dépendent
bien plus de l'heure de nos re-
pas (1) que ne le pourroient penser
ceux qui n'ont étudié la nature
humaine que dans les romans.

_____

(1) Mémoires du Cardinal de Retz.

2.

L'heure du diner sonna, et Madame Bolingbroke vint à table comme de coutume. En présence de Monsieur et de Madame Granby, elle sut se contenir assez pour ne pas laisser deviner ce qui s'étoit passé entre elle et son mari; mais, dès qu'elle se trouva en tête à tête avec lui, les reproches recommencèrent avec plus de vigueur.

— Voudriez-vous, M. Bolingbroke, me faire savoir pour quelle raison vous m'aimez moins qu'autrefois?

— Comment, ma chère, donner une raison de cela? Vous savez que l'amour est indépendant de la raison; selon votre définition, rien

n'est plus volontaire que lui.; vous
ne sauriez donc être étonnée s'il a
quelques caprices.

— Quels sophismes ! quels pi-
toyables raisonnemens ! Dites-le moi
sans détour, avez - vous quelque
motif de vous plaindre de moi ?

— Je ne forme aucune plainte,
bien ou mal fondée ; il me semble
que vous seule vous vous plai-
gnez.

— Je pense que j'en ai bien
le droit, d'après la manière dont
vous me traitez. Mais je ne me
plaindrai plus ; le monde nous
jugera, et je recevrai justice de
lui, si vous me la refusez. J'en
appelle à tous ceux qui me con-

noissent; vous ai-je jamais donné
le moindre sujet de vous plaindre
de moi ? Ai-je commis quelque
extravagance, la plus légère impru-
dence même?

— Certes, je ne vous accuse ni
de l'une ni de l'autre.

— C'est parce que vous ne le
pourriez pas; Monsieur, ma conduite est inattaquable, ma fidélité
est au dessus de tout soupçon; le
monde me rendra justice.

Grisélidis vint à bout de faire
de sa vertu même un moyen de
tourmens. Rassurée par le mérite
qu'elle avoit d'être fidèle, sans
le moindre scrupule, elle se livroit
aux accès de la plus détestable

humeur; elle se croyoit en droit d'accabler son mari de reproches, depuis qu'elle l'avoit comme contraint d'avouer qu'il l'aimoit moins qu'autrefois, et que d'ailleurs il n'avoit à lui objecter aucune faute. Dix jours s'écoulèrent de cette manière. Madame devenoit de plus en plus irritable, Monsieur de plus en plus indifférent.

Selon les *principes de l'art*, il ne restoit à Grisélidis d'autre moyen, pour ranimer la mourante affection de son époux, que de lui inspirer une dose de jalousie; mais la chose étoit impossible; elle n'avoit à sa portée aucun objet propre à remplir ce but.

Le pays, à dix milles à la ronde,
ne présentoit que d'honnêtes Sei-
gneurs de campagne.

« Mais, hélas ! la beauté, l'art le plus enchanteur,
« Rien de ces hobereaux n'auroit touché le cœur.»

CHAPITRE XV.

Eve, cette compagne aussi chaste que pure,
S'affligeant d'un soupçon dont sa gloire murmure,
Répond d'un air austère ensemble et gracieux.

LE sexe qui se distingue par
sa noble timidité et par ses grâces,
doit sans doute jouir de grandes
prérogatives; et, de nos jours encore, une beauté qui ne brille
pas précisément par ce genre
d'attraits peut, par ses caprices
même, plaire à celui qui s'en est
une fois laissé séduire. Il y a une

certaine susceptibilité de caractère
qui accompagne quelquefois l'orgueil de la vertu, qui dénote une
grande délicatesse de sentiment, et
beaucoup de vivacité dans les affections. Celle-là, de quelque manière qu'on la montre, paroît toujours aimable et gracieuse. Si cette
sensibilité devient trop irritable,
elle trouve encore grâce aux yeux
d'un amant; celui-ci même, avec
un peu d'adresse, s'il sait profiter du moment, trouve quelquefois son intérêt à faire naître de
légères querelles, pour se ménager
le plaisir de la réconciliation. Les
doutes inquiets, les alternatives de
crainte et d'espérance, qui ac-

compagnent l'amour sont char-
mans, tant que la passion dure;
si elle s'affoiblit, le goût pour la
dispute s'affoiblit avec elle. Le
proverbe qui dit : « querelles d'a-
mans ne durent pas, » devient funeste aux époux qui veulent se
l'appliquer; et malheur à la femme
qui se fie à ce proverbe. Il y a
cependant des personnes qui vou-
droient étendre cette dangereuse
maxime jusqu'au commerce de
l'amitié, et il faut convenir que
dans le commencement d'une in-
timité, les altercations qui s'élèvent
entre deux amis peuvent leur four-
nir l'occasion de se rendre plus
estimables aux yeux l'un de l'autre,

en déployant des qualités supé-
rieures à la gaieté de l'esprit, telles
que la franchise, la fidélité, la
générosité et la délicatesse. Mais
quelque mérite que puissent avoir
ces vertus, quand, après une longue
expérience, elles ont été bien ap-
préciées et bien connues, elles ne
peuvent pas dans la vie domestique entrer en compensation du
manque d'égalité dans le caractère.
La fausseté d'une maxime, ainsi
que l'absurdité d'un raisonnement,
pour être bien démontrée, a besoin
d'être poussée jusqu'à ses dernières
conséquences. Grisélidis devint un
exemple frappant de cette vérité;
sa vie et celle de son époux avoient

été une suite continuelle de reproches et de querelles ; chaque jour les querelles devenoient plus amères et les réconciliations moins douces.

Un matin, Monsieur et Madame Bolingbroke regardoient Emma qui s'amusoit à montrer à une pauvre enfant à tresser de la paille, pour en faire des chapeaux.

—L'été prochain, dit M. Bolingbroke à Grisélidis, j'espère que, lorsque nous serons à la campagne, vous encouragerez ce genre d'industrie parmi les enfans de nos fermières.

Grisélidis. — Je vous certifie que je ne me sens aucun

talent pour établir des manufac-
tures.

M. Bolingbroke ne poussa pas
la conversation plus loin. Quelques minutes après il tira un brin
de paille de la botte que tenoit
l'enfant.

—Cette paille est bien fine, dit-il
négligemment.

— Bien fine ! Je la trouve très-
grossière, dit Grisélidis qui en tire
un brin d'une autre botte ; dites-
moi un peu si c'est là de la paille
fine ?

M. Bolingbroke.— Je crois que
la mienne est plus belle que la vôtre.

— Alors Monsieur, vous me fe-
riez croire que vous êtes aveugle.

— Eh bien! ma chère, allons-nous nous disputer pour un brin de paille?

— Non, certainement; mais permettez-moi, M. Bolingbroke, de vous faire observer que lorsque vous avez tort, vous ne manquez jamais de dire : *eh bien, allons-nous disputer!* Je vous prie, Madame Granby, regardez ces deux pailles, et voyez quelle est la plus délicate.

Emma. — C'est le cas de tirer au sort, car je ne trouve point ou fort peu de différence.

Madame Bolingbroke. — Ma chère Emma, comment pouvez-vous dire cela?

M. Bolingbroke, jetant les deux brins de paille. —Allons, ne parlons plus de cela, c'est aussi trop puéril.

— La vérité n'a jamais rien de puéril. Vous avez beau élever la voix, elle ne me convaincra pas. Vous savez que c'est lorsque Jupiter a tort qu'il a recours à son tonnerre.

—Le tonnerre à propos d'une paille! Quand une femme a l'envie de disputer, comme elle est ingénieuse à en trouver le prétexte! Je vous certifie que vous avez poussé cet art aussi loin qu'il puisse aller : vous voilà maintenant capable d'argumenter en forme jusques sur un fétu.

Emma venoit de poser un cha-
peau sur la tête d'une jolie petite
fille de six ans ; elle cherchoit à
fixer l'attention de la colérique
disputeuse sur cet aimable spectacle, en lui demandant ce qu'elle
en pensoit.

Les choses auroient pu en rester là. Mais Grisélidis avoit la détestable habitude de revenir sur
les moindres mots de reproche
qui auroient pu échapper à ses
amis. Son mari l'avoit félicitée sur
le talent qu'elle montroit pour la
discussion , puisqu'elle l'étendoit
sur les moindres objets; ce reproche
lui demeura gravé dans l'esprit. Il
y a de certaines maladies corpo-

relles où la moindre blessure devient mortelle. L'ame est également sujette à ces sortes d'indispositions; et Grisélidis se trouvoit dans ce fâcheux état.

CHAPITRE XVI.

Que suis-je? Qu'ai-je fait? Que dois-je faire encore?
Quel transport me saisit? Quel chagrin me dévore?

Quelques heures après la querelle des brins de paille, Monsieur Bolingbroke, qui l'avoit entièrement oubliée, étoit assis dans sa chambre, occupé à écrire une lettre; Grisélidis entre brusquement, et avec un air qui présageoit des événemens d'importance.

— Monsieur, si vous avez le loisir de m'entendre, je voudrois vous entretenir sur un sujet qui,

2. 11*

je pense, mérite quelque attention.

— Je suis tout prêt à vous
écouter; asseyez-vous, je vous prie:
mais qu'avez-vous? Réellement vous
m'allarmez.

— Mon intention n'est certainement pas de vous jeter dans des
allarmes, je sais trop que le temps
est passé où j'aurois eu ce pouvoir.
Je suis persuadée que vous allez
m'entendre sans émotion, et que si
vous en éprouvez quelqu'une elle
sera agréable.

Elle s'arrêta ; son mari posa sa
plume, impatient d'entendre ce
qu'on alloit lui dire.

— Je viens vous annoncer que

j'ai pris une résolution dont rien
ne me fera départir. . . . C'est de
me séparer de vous.

—Ma chère, parlez-vous sérieusement ?

— Très-sérieusement, Monsieur.

Ces paroles ne produisirent pas,
sur l'esprit de M. Bolingbroke, tout
l'effet que Grisélidis avoit espéré.
Sa colère, son désespoir furent au
comble quand elle s'entendit ré-
pondre :

— Séparons-nous , si c'est votre
désir; mais je veux être bien sûr
que ce désir de votre part est vé-
ritable, et, pour cela, je veux vous
l'entendre énoncer encore quand
vous serez parfaitement calme.

D'une voix à moitié étouffée par la colère, elle assura qu'elle étoit bien de sang-froid; mais son mari l'interrompit, en disant :

— Grisélidis, prenez vingt-qua-tre heures pour faire vos ré-flexions, et demain vous viendrez ici même m'en communiquer le résultat.

M. Bolingbroke sortit de l'appar-tement.

Tout entière à son émotion, Grisélidis étoit incapable de réflé-chir. Des passions opposées se com-battoient dans son cœur. Son pre-mier amour se réveilla tout entier; jamais son époux ne lui avoit été si cher. Tant de fermeté, en exci-

tant sa colère, méritoit son admiration. Elle ne pouvoit se persuader
qu'elle eût bien entendu. Elle se
rappela minutieusement les moindres circonstances de son dernier
entretien, ses moindres mots, ses
moindres gestes; et elle finit par
se dire que, pour faire cesser l'indifférence affectée de son époux,
elle devoit, de son côté, per-
sister avec opiniâtreté dans sa résistance. Elle ignoroit l'impru-
dence qu'elle alloit commettre;
quand le danger de perdre son
époux étoit imaginaire, et tout entier de sa création, elle feignoit
d'y croire fortement; maintenant
que ce danger étoit réel, étoit

imminent, elle ne s'en doutoit seulement pas.

Un voyageur célèbre qui a traversé les Alpes, conseille à ceux qui veulent former la même entreprise de se figurer, quand ils sont dans un chemin sûr, qu'ils sont entourés de précipices; par ce moyen, ils se familiarisent avec l'idée du péril, au point de ne plus l'apercevoir, lors même qu'il est le plus menaçant.

Après les vingt-quatre heures passées, l'entrevue convenue entre les deux époux eut lieu. En entrant dans la chambre, Grisélidis observa que son mari tenoit un livre, mais qu'il ne lisoit point.

Il quitta ce livre, se leva d'un air fort décidé, et approcha un siége.

« — Je vous rends grâce, je resterai debout. »

Il retira le siége, et alla regarder à la porte de la chambre s'il y avoit quelqu'un dans l'appartement voisin.

— Il n'est pas fort nécessaire, dit-il, que les domestiques puissent entendre ce que nous avons à nous dire.

— Il m'importe peu d'être entendue ou non, je n'ai rien à dire dont je doive rougir, et je puis parler devant l'univers entier.

Quand M. Bolingbroke revint

vers elle , Grisélidis examina sa contenance d'un œil très-attentif. Il étoit fort sérieux, mais calme ; elle jugea que cette tranquillité étoit jouée; combien elle se trom-poit !

Observez un ballon ; tant qu'il n'est pas gonflé, on peut le plier, le déplier le plus aisément du monde ; l'enfant le plus foible en est maître ; une fois rempli de l'air qui distend ses flancs, il n'est pas de force humaine qui puisse le contenir ou le gouverner. Tel est l'esprit humain ; la passion le rend intraitable. Le ballon s'étoit gonflé petit-à-petit, sans que notre hé-roïne s'en aperçût. Il étoit rempli, mais encore captivé par des liens assez forts : se décideroit-elle à les couper ?

— Ma chère Grisélidis, réfléchissez avant que de parler ; pensez que de ce que vous allez dire dépendent votre destinée et la mienne.

— J'ai réfléchi suffisamment, et je suis décidée à me séparer de vous.

Il pâlit et rougit en même temps ; le feu étincella dans ses yeux.

— Eh bien, dit-il, d'une voix de tonnerre, que cela soit ; oui, nous sommes séparés pour jamais.

Il s'enfuit, sans attendre de réponse.

Grisélidis, toute tremblante, se laissa tomber sans connoissance. Elle aimoit son mari mieux que toute chose au monde, si l'on en excepte le pouvoir. Quand elle revint à elle-même, et qu'elle se vit seule, elle se crut abandonnée sur la terre. Ce mot fatal, *pour jamais,* retentissoit encore dans son cœur. Elle étoit tentée de sacrifier son humeur à son amour; mais, à ce désir passager succédoit bientôt l'ardeur de dominer. Quand elle eut recouvré l'usage plus libre de sa raison, elle revint de nouveau à son idée

favorite. Mon mari, se dit-elle,
n'a point parlé sérieusement ; et,
si j'ai le courage de lui tenir tête,
il ne persistera point dans le parti
qu'il semble avoir adopté.

CHAPITRE XVII.

L'ai-je vu se troubler et me plaindre un moment ?
En ai-je pu tirer un seul gémissement ?

Honteuse d'avoir éprouvé un moment de foiblesse, Grisélidis reprit courage, et se décida à reparoître pour le souper devant son époux, avec un maintien assuré. Elle s'étoit composé avec beaucoup d'art un extérieur rempli d'assurance; mais tout ce travail fut perdu, car M. Bolingbroke ne

parut point. Grisélidis, en se re.
tirant pour se coucher, trouva sur
sa table de nuit une lettre qu'elle
ouvrit d'un air triomphant ; elle
ne doutoit pas que cette lettre ne
contînt des ouvertures pour une
réconciliation.

« Choisissez quelqu'un en qui
« vous aurez confiance pour dres-
« ser les articles de notre sépara-
« tion. Je désire que ce soit le
« plus tôt possible. Je n'ai point
« parlé à Monsieur ni à Madame
« Granby de ce qui s'étoit passé,
« vous le leur ferez connoître, si
« cela vous convient. Sur ce point,
« comme sur tout autre, vous vou-

2.   12*

« drez bien par la suite en agir selon
« votre fantaisie. »

T. BOLINGBROKE.

A midi, samedi 10 d'août.

Grisélidis lut et relut cette lettre;
elle en pesa chaque mot, en examina le sens avec scrupule, et enfin
s'écria : non , il ne veut, ni ne
peut se séparer de moi. En regardant
dans sa glace, elle s'aperçut que sa
femme de chambre l'attendoit, et
elle lui dit: je n'ai pas besoin de
vous ce soir; vous pouvez vous re-
tirer. Celle-ci se retira, en effet ,
sans avoir perdu un mot de ce
qui avoit été dit devant elle. Gri-

sélidis, trop occupée de sa propre pensée, pour songer à l'indiscrétion qu'elle venoit de commettre, sans changer de place, continua de se livrer à sa rêverie.

Non, dit-elle, il ne pense pas ce qu'il m'a écrit; c'est un jeu de sa part, ou un moment de colère l'égare. Peut-être est-il excité par M. Granby; mais non, car il prétend n'avoir parlé de rien, ni à lui ni à son épouse, et je ne l'ai jamais surpris à mentir. Si Emma eût été dans sa confidence, elle est si bonne qu'elle l'eût empêché de m'écrire une lettre si dure. J'ai grande envie de la consulter, personne n'est plus doux,

plus conciliant qu'elle. Mais pourquoi M. Bolingbroke me parle-t-il
d'elle? Il me laisse libre de lui
communiquer ce qui s'est passé,
ou de n'en rien faire. Cela veut dire:
adressez-vous à Madame Granby,
pour qu'elle vous conseille la soumission. Eh bien, je ne lui en par-
lerai pas. M. Bolingbroke y sera
encore pris cette fois; d'ailleurs, il
ne me quittera sûrement pas,
quand il en faudra venir aux voies
juridiques.

En conséquence, elle s'assied et
écrit cette réponse à son mari:

« Je suis entièrement de votre
« avis, nous devons nous séparer

« le plus tôt possible. Je compte
« avertir demain Madame Nettle-
« by, mon amie, chez qui je choi-
« sirai ma résidence. M. John
« Nettleby fixera les termes de no-
« tre séparation. Il ne me faut que
« trois jours pour recevoir ré-
« ponse de Madame Nettleby ;
« c'est aujourd'hui samedi, ainsi
« mardi, notre affaire pourra être
« terminée. »

GRISÉLIDIS BOLINGBROKE.

Elle appelle sa femme de chambre.

— Portez cette lettre vous-même
à M. Bolingbroke ; ne la lui

faites pas remettre par son domestique.

Elle attendoit avec impatience
le retour de sa femme de chambre.

—Madame! Il n'y a pas de réponse.

— Point de réponse? En êtes-
vous bien sûre?

— Très-sûre, Madame. Mon-
sieur a seulement dit: c'est bon.

— Eh! pourquoi ne lui avez-
vous pas demandé s'il y avoit réponse?

— Je l'ai fait, Madame; mais
il m'a répondu : il n'y en a
point.

— Etoit-il encore debout ?

— Non, Madame, il étoit au lit.

— Dormoit-il, quand vous êtes entrée ?

— Je ne puis pas vous le dire positivement, Madame; quand je suis arrivée, il a ouvert son rideau, et a dit : qui est là ?

— Etes-vous allée sur la pointe du pied ?

— Madame, je ne m'en souviens pas.

— Comment, sotte que vous êtes, vous l'avez oublié ?

— Oui, Madame; mais je me souviens bien qu'au moment où

j'ai refermé son rideau; il s'est retourné pour dormir.

— Allez-vous en, je n'ai plus besoin de vous.

Ne pouvant absolument se livrer au sommeil, Grisélidis se leva, et épancha les sentimens qui l'oppressoient dans une lettre éloquente adressée à Madame Nettleby. Mais, après ce soulagement trop foible, elle ne put encore reposer; la tranquillité dont son mari jouissoit ou du moins sembloit jouir, lui étoit insupportable. Le matin, elle plaça en grande évidence sa lettre sur la cheminée du salon, persuadée qu'à cet aspect son mari

seroit terrifié. Mais, à son grand
déplaisir, elle vit M. Bolingbroke
la donner, de l'air le plus calme,
au domestique qui vint chercher les lettres pour la poste.
Elle avoit encore trois jours avant
que la réponse de Madame Nettleby arrivât ; mais elle dédaigna
d'en profiter ; elle ne dit pas un
mot à Madame Granby de ce
qui s'étoit passé ; et, persistant
dans son air de hauteur à l'é-
gard de son mari, elle s'imagina
qu'elle le subjugueroit de cette manière.

Le troisième jour, arriva une
lettre de Madame Nettleby. Après

avoir étalé les plus beaux sentimens, après avoir montré une
surprise suffisante de la conduite étrange de M. Bolingbroke,
et s'être appitoyée sur l'infortune
de sa pauvre Grisélidis, Madame
Nettleby ajoutoit :

« Je suis désolée de voir mon
« mari dans un de ses accès d'o-
« piniâtreté. Mais il ne veut rien
« entendre à un projet qui seroit
« si cher à mon cœur. Il pré-
« tend qu'il ne se mêlera en
« aucune manière de l'arrange-
« ment que doit occasionner votre
« séparation. Son principe est de

« ne s'immiscer jamais dans, les
« affaires d'aucun ménage ; et
« ce seroit, dit - il, manquer à
« ce principe que de vous re-
« cevoir dans sa maison, après
« que votre séparation sera con-
« sommée. Il prétend que Mon-
« sieur Bolingbroke s'est toujours
« bien conduit à son égard, qu'il
« est même venu lui rendre vi-
« site, c'est une raison de plus,
« selon lui, de ne point en-
« courager sa femme dans ses
« frasques.

« Je lui ai représenté que
« votre mari vous laissoit la li-
« berté de choisir le lieu de

« votre résidence; il a répondu,
« avec sa brutalité ordinaire,
« que vous pouviez choisir tout
« autre endroit que sa maison;
« qu'il ne souffriroit jamais que
« l'on vînt, chez lui, donner
« un si mauvais exemple à sa
« femme, etc. Je ne veux pas
« ici me fatiguer, ainsi que vous,
« en répétant toutes les extrava-
« gances qui lui sont échappées.
« Je sais que, s'il refuse de vous
« recevoir, c'est dans l'intention
« de me contrarier. Mais que
« faire avec un tel homme?

« Adieu, ma chère. Je vous
« en prie, quand vous aurez un

« moment de loisir, écrivez-moi
« comment les choses se sont pas-
« sées ; surtout relativement à
« ce qui vous concerne person-
« nellement, car votre intérêt
« personnel, est la seule chose
« dont vous deviez vous occu-
« per. »

*Votre fidèle et tendre
amie,*

R. NETTLEBY.

P. S. « Avant de quitter De-
« vonshire, envoyez-moi, ma
« chère, quelques aunes de den-
« telle. Trois ou quatre dou-

2.   13*

« zaines suffiront ; je m'en rap-
« porte à votre goût. Le prix
« importe peu, pourvu qu'elle
« soit large, car je déteste la den-
« telle étroite. »

CHAPITRE XVIII.

Adieu le doux plaisir d'affliger son époux.

Quoique très-mécontente de la lettre affectueuse que lui avoit écrite sa tendre amie, Grisélidis n'en fut que plus affermie dans la résolution qu'elle avoit prise de braver son mari jusqu'à la fin. Elle se regardoit comme étant toujours maîtresse du dénouement; elle se rappeloit toutes les scènes de séparation qu'elle avoit vues sur la scène ou dans les romans;

là une femme, après avoir tour-
menté de mille manières son époux
ou son amant, se réforme dans
un instant, et la réconciliation
s'opère par de miraculeux moyens.
Elle se sentoit les dispositions né-
cessaires pour ne rester point in-
férieure aux acteurs à qui elle
avoit vu jouer ce rôle. Pleine de
cette espérance ou de cette assurance, pour dire mieux, elle cher-
cha la rencontre de M. Bolingbroke. Il étoit sorti, pour faire une
promenade solitaire; Grisélidis ne
douta point qu'elle ne fût, pendant tout ce temps, l'unique objet
de ses tristes réflexions.

Mon pouvoir, se dit-elle, n'est

pas encore détruit; je puis faire encore plus d'une blessure à ce cœur qui se révolte; et, quand je l'aurai subjugué, qu'il me sera doux d'en tirer une vengeance éclatante !

Elle appelle sa femme de chambre.

« — Disposez tout pour mon départ, et quand mes malles seront faites, faites-les placer dans la salle d'en bas. »

Notre héroïne, qui étoit douée d'une mémoire excellente, n'avoit pas oublié l'effet que produisent de pareilles malles dans *simple histoire ;* elle trouvoit cet expédient assez bon pour qu'on pût

s'en servir plus d'une fois. Sa
malice préméditée prépara donc le
coup dont elle croyoit écraser sa
victime. Son orgueil étoit toujours
révolté à la seule idée de consulter Madame Granby ; cependant la décence exigeoit qu'elle
ne quittât pas la maison de celle-
ci, sans quelques mots d'explica-
tion. Elle entama donc la chose
de manière à prévenir toute discussion.

« Ma chère Emma, M. Bolingbroke et moi, nous avons trouvé
un moyen de passer heureuse-
ment le reste de notre vie; et ce
moyen, c'est de nous séparer. Ne
paroissez donc pas si surprise ou

si choquée! Ce mot de séparation
peut, je le sais, effrayer quelques
femmes; mais, grâces au ciel, j'ai
assez de force pour l'entendre prononcer avec un sang-froid parfait.
Quand deux êtres, enchaînés l'un
à l'autre, commencent une fois à
suivre chacun une route opposée,
le plus tôt qu'ils se séparent est
toujours le mieux. Je vais partir
tout de suite pour Weymouth.
Vous m'excuserez, ma chère amie,
car vous voyez l'urgence de ma
situation. »

Madame Granby, avec une
douceur angélique, essaya quelques représentations; mais Grisélidis déclara qu'elle croiroit faire

affront à une amie, si elle cherchoit à la faire céder à ses conseils,
après lui avoir vu prendre un
parti irrévocable.

Je n'ai point, lui répondit
Emma, le désir de vous soumettre à mes conseils; mais, avec
l'excellent jugement que vous avez,
prenez le temps de réfléchir, et
ne sacrifiez pas votre existence
entière dans un moment de dépit.

Madame Bolingbroke certifia que
jamais elle n'avoit été plus calme
que dans ce moment. De l'air
le plus indifférent, elle se tourne
du côté d'un piano, en disant :
comme il est inutile de parler

davantage, je crois que je ferai mieux de chanter. Ma musique est peut-être meilleure que ma logique; en tous cas, je la préfère.

D'un ton de voix fort décidé, elle exécuta donc cet air :

« Ennuyeuse et triste constance,
« C'en est fait, je renonce à toi, etc. »

Elle fit suivre cette chanson de tout ce qu'elle savoit de plus gai, pour bien convaincre Emma que son cœur étoit parfaitement tranquille. Elle prolongea cet exercice avec une persévérance vraiment impatientante.

Emma se tenoit à la fenêtre, épiant le retour de M. Bolingbroke.

« Le voici. Comme il a l'air triste !
Ma chère Grisélidis, laissez donc
un moment ce piano ; je vous en
conjure, ce n'est pas le moment
de chanter, ni de faire des bra-
vades.

« Je ne puis pas souffrir d'être
tant priée, dit Grisélidis, en s'éloi-
gnant ; je ne suis pas un enfant
qu'on caresse, qu'on embrasse, à
qui l'on donne du bonbon pour
qu'il soit sage et qu'il se comporte
bien. Faites-moi le plaisir de dire
à M. Bolingbroke que je suis à
étudier, et que je désire lui parler
dans un moment. »

Rien ne put retenir cette impé-
rieuse beauté. Elle se rendit à son

cabinet d'études, et éprouva une grande joie, lorsqu'en traversant la salle, elle vit ses malles arrangées comme elle en avoit donné l'ordre. Il étoit impossible que M. Bolingbroke ne les vît en rentrant; quelle satisfaction ! Elle s'assit devant son bureau, et prit un livre qu'elle trouva sous sa main, et qui étoit marqué au passage suivant :

« Il y a un lieu sur la terre où les joies pures sont inconnues, d'où la politesse est exilée et fait place à l'égoïsme, à la contradiction, aux injures à demi-voilées; le remords et l'inquiétude, furies infatigables, y tourmentent les habitans. Ce lieu est la maison de deux époux qui ne peuvent ni s'estimer ni s'aimer. »

« Il y a un lieu sur la terre où le vice ne s'introduit pas, où les passions tristes n'ont jamais d'empire, où le plaisir et l'innocence habitent toujours ensemble, où les soins sont chers, où les travaux sont doux, où les peines s'oublient dans les entretiens, où l'on jouit du passé, du présent, de l'avenir; et c'est la maison de deux époux qui s'aiment (1). »

La lecture de ces paroles jeta le remords dans l'ame de Grisélidis.

_____

(1) Saint-Lambert, Œuvres philosophiques, tome 2.

Elles sembloient lui avoir été adressées exprès. Frappée un instant de l'idée de son extravagance, elle hésita, elle réfléchit. Mais elle se crut trop avancée pour reculer. Son orgueil ne put se décider à convenir d'un tort et à rechercher une réconciliation.

« Je pourrois vivre heureuse avec cet homme; mais lui céder la victoire! me réformer! non non; quoi de plus stupide et de plus odieux qu'une femme convertie? »

CHAPITRE XIX.

Même dans sa défaite, elle a l'air triomphant.

GRISÉLIDIS jeta brusquement le livre qu'elle tenoit, dès qu'elle vit entrer son mari.

— Madame, lui dit-il, d'un ton fort posé, je présume que vous avez reçu une réponse de votre amie Madame Nettleby.

—Oui, Monsieur. Des affaires domestiques l'empêchent de me recevoir chez elle, pour le moment; c'est pourquoi je suis décidée à me rendre à Weymouth où je désirois d'ailleurs de passer l'été.

M. Bolingbroke ne témoigna aucune surprise, et ne fit pas la plus légère opposition. Ce calme fut tellement désagréable à sa femme, qu'elle eut de la peine à se contenir. Elle fit un violent effort sur elle-même.

— Il me sembloit, Madame, que c'étoit M. Nettleby que vous aviez choisi pour assister aux arrangemens qui doivent être pris entre vous et moi.

— J'y suffirai toute seule; je suis disposée à écouter toutes les propositions qu'il vous plaira de me faire.

— Ces choses - là sont toujours mieux traitées par écrit. Ayez la bonté de me laisser votre adresse, et, dans quelques jours, Madame Granby ou moi, nous vous communiquerons un projet à examiner.

Madame Bolingbroke écrivit son adresse sur une carte, avec une grande précipitation, et la remit à son mari, qui la prit avec plus de calme encore qu'on ne la lui avoit présentée.

— Si vous avez, Madame, à me demander quelque chose qui puisse par la suite contribuer à votre bonheur, je vous prie de le mettre par écrit au moment même.

Il plaça devant elle du papier, et lui présenta une plume. Elle s'efforça d'écrire, mais sa main trembloit tellement qu'elle ne put en venir à bout.

— Il prit les OEuvres de Saint-Lambert, et se mit à lire, ou en fit le semblant.

— Ouvrez un peu la croisée, Monsieur Bolingbroke, dit-elle.

Il obéit, mais non plus comme autrefois, en montrant dans ses regards l'inquiétude d'un amant passionné. Il avoit été si souvent la dupe de ces feints évanouisse-mens, de ces convulsions simu-

lées, qu'un mal-aise réel n'é-
toit plus maintenant à ses yeux
qu'un artifice ridicule. Il reprit
son livre, et y fit une marque au
crayon.

Grisélidis écrivit une ligne d'une
main mal assurée ; puis, se levant brusquement, et jetant sa
plume :

—Je ne veux, ni ne dois écrire ;
je n'ai aucune demande à vous
faire ; agissez-en, Monsieur, comme
il vous plaira. Je ne désire rien
sur la terre, non rien qu'une seule
chose ; c'est de vous quitter.

— Madame, rien de plus facile que de voir ce désir accom-
pli.

Elle fit retentir la sonnette avec violence.

Un domestique paroît.

— Ma voiture tout de suite à la porte, s'il vous plaît.

Un moment de silence suivit.

Grisélidis étoit dans une situation insupportable.

— Ciel ! ne vous reste - t - il donc plus aucune sensibilité ? — Et lui arrachant brusquement son livre : — Monsieur Boling-broke, vous n'êtes donc plus sensible à rien ?

— Du moins, il y a des choses auxquelles je ne le suis pas du tout. C'est votre ouvrage; et je vous en remercie. Six mois plus

tôt la scène actuelle m'eût déchiré
le cœur.

— Que parlez-vous de cœur?
Rien ne sauroit toucher le vôtre.

La voiture arrive devant la
porte.

—Un mot, un seul mot, avant
que je vous quitte pour jamais.
Monsieur Bolingbroke, n'accusez
de tout ceci que vous-même, et
non pas moi. Dans les premiers
jours de notre union, vous me
passiez tout; votre indulgence étoit
sans bornes; quel est le caractère
qu'une pareille conduite n'eût pas
gâté? Vous n'avez que la récompense qui vous est due. —
Adieu.

L'on ne fit aucun effort pour la retenir, et elle sortit.

« Sexe ingrat! Malheureux celui dont le délire
« De sa foible raison t'abandonne l'empire!
« Ton aveugle désir ne connoît plus de frein;
« Et si le sort résiste à ton caprice vain,
« On te voit le premier blâmer notre foiblesse,
« Et d'un époux facile accuser la tendresse. » (1)

M. Bolingbroke se rappela alors, d'une manière confuse, ces paroles d'Adam.

Comme la voiture de Grisélidis passoit sous les fenêtres de son mari, elle lui adressa une gracieuse salutation, qu'un peu de trouble l'empêcha de rendre. Cette

_____

(1) Milton; traduction de M. Delille.

dernière foiblesse fit sentir jusqu'au bout sa supériorité à notre fugitive.

Cette victoire étoit - elle digne d'être remportée ? Grisélidis persista-t-elle dans le sacrifice insensé de son bonheur ? Se réconcilia-t-elle avec son époux; ou la sotte crainte de passer pour une convertie l'emporta-t-elle dans son esprit ? Nous ne répondrons point à ces questions: chacun les résoudra selon sa pénétration particulière; peut-être nos belles contemporaines ne dédaigneront pas de former quelques conjectures à cet égard.

«Vous qui connoissez l'art de rapprocher les cœurs,
«Venez et déployez vos talens enchanteurs. »

P. S. Pour compléter et rendre pleinement instructifs les deux tableaux dont nous venons de tracer la copie, il faudroit peut-être y joindre la peinture d'une troisième Grisélidis, douée des vertus et des charmes réunis des deux autres, mais exempte de leurs foiblesses ainsi que de leurs défauts. Aussi tendre, mais moins docile que la première, aussi spirituelle, et moins fantasque que la seconde, elle sauroit céder sans obéir, se soumettre sans abjection, et ne confondroit pas le droit d'une juste et honnête indépendance avec le droit de faire exécuter ses nombreuses et inconciliables volontés,

Elle ne verroit dans son époux,
ni un maître et seigneur dont la
parole est une loi, dont le caprice
devient un commandement sacré,
ni un esclave trop heureux de
ses chaînes dont il faut aiguillon-
ner le zèle à force de contrariétés,
et fortifier la patience par des
épreuves difficiles et réitérées. Elle
sauroit que la complaisance, quand
elle n'est pas raisonnée, quand elle
est sans bornes et sans motifs,
justifie la persécution et provoque
bientôt le mépris; et qu'une résistance de tous les momens, une
opposition que rien ne nécessite,
fatigue la tendresse la plus dévouée,
et dégoûte le cœur qui n'a pas fait

serment d'aimer en dépit de tous
les conseils de la raison et en dépit de son propre bonheur.

Tel seroit, sans doute, le portrait
de cette aimable, bonne et indulgente Emma, qui n'a paru qu'un
instant sur la scène où elle a jeté
un éclat si doux. Pourquoi les
écrivains, admis à contempler et à
décrire les tentatives extravagantes
du prince régnant de Saluces, les
tracasseries moins folles mais non
moins persévérantes de la belli-
queuse épouse de M. Bolingbroke,
n'ont-ils pas séjourné quelque temps
sous le toit fortuné de M. Granby,
pour y observer et nous transmettre
des événemens d'un caractère fort

paisible, et que l'on eût peut-être trouvé un peu uniforme. Mais c'est le défaut du bonheur; tout en le cherchant, nous paroissons si peu faits pour le goûter, que sa durée devient bientôt pour nous monotonie; et l'imagination, toujours si féconde, quand il s'agit de peindre le fracas des passions et les tempêtes du cœur humain, semble frappée de stérilité, quand elle cherche à vivifier assez les images du bonheur, pour qu'elles ne restent pas trop au dessous de nos espérances ou de nos souvenirs.

FIN.

www.ingramcontent.com/pod-product-compliance
Lightning Source LLC
Chambersburg PA
CBHW070905030726
47504CB00005B/1461